물거품

물거품

초판 1쇄 인쇄 2014년 04월 10일
초판 1쇄 발행 2014년 04월 17일

지은이   유 종 우
펴낸이   손 형 국
펴낸곳   (주)북랩
출판등록   2004. 12. 1(제2012-000051호)
주소   서울시 금천구 가산디지털 1로 168,
           우림라이온스밸리 B동 B113, 114호
홈페이지   www.book.co.kr
전화번호   (02)2026-5777
팩스   (02)2026-5747

ISBN   979-11-5585-188-3 03810(종이책)
          979-11-5585-189-0 05810(전자책)

이 도서의 국립중앙도서관 출판시도서목록(CIP)은 서지정보유통지원시스템 홈페이지(http://seoji.nl.go.kr)
와 국가자료공동목록시스템(http://www.nl.go.kr/kolisnet)에서 이용하실 수 있습니다.
(CIP제어번호 : 2014009682)

물거품

유종우 시집

book Lab

서문

　서서히 파도가 밀려온다. 잊을 수 없는, 아니 잊으려 해도 잊히지 않는 지난날의 바다가 다가온다. 하늘을 가로지르는 바닷물의 목소리가, 그 나긋하면서도 물기에 젖은 음성이 내 귓가에 스며든다.

　바다는 어떤 때는 한낮의 창창한 광채처럼 번쩍거리다가도, 또 어떤 때는 희읍스름하게 퍼져 가는 달빛의 속삭임처럼 나를 어루만진다. 그것은 내가 말하지 않아도 나를 헤아리고, 출렁이는 물결로 나를 감싸 안는다.

　그리고 바닷바람의 날개깃이 푸른 융단 위를 스쳐 지나갈 때면, 내 두 눈에는 드넓은 대지에서 분출돼 나온 무수한 물방울이 어린다. 그것은 어느 사이엔가, 하늘에서 쏟아져 내리는 빛 조각들에 휘감겨 엮이며 애틋한 물거품을 수면에 드리우고, 나는 그 순백의 백합꽃들과, 물에 가리어지면 다시 그 밖으로 튕겨 나오고 물에 휩싸이면 다시 또 솟구쳐 오르는 그 그치지 않는 남녘의 빛줄기에서 순전한 그리움의 연원인 물빛 바다를 본다.

별빛이 물결치는 바다를 그리며
2014년 3월 유종우

목차

너는 푸르다

너는 푸르다
가늠할 수 없는 기억이 머무는
바람 소리가 비치는
바다 아래서
물방울들, 그 속을 헤매다
튕겨 올라
물과 물이 분리되며
수면 위에 무수한 항성의
몸짓을 입힌다.
밀물과 썰물
그 넘나드는 조수 속에서
하늘가에 스며들며 타오르는
찰나의 환희여!
코끝을 스치는 빗물처럼
내 곁에 잠시 머물다
갈매기 떼

은빛 날갯짓이 손짓하는
공간 저 너머로
바람처럼
아득히 멀어져 간다

밤하늘에 어린 네 모습

유리창에
너의 목소리가 어리네

그것은 곧 아지랑이처럼 피어올라
어른거리고, 다시 일렁이고
그러다 부서질 듯 흐트러지고

헤아릴 수 없는 실타래처럼 풀어져
내 발치 아래 겹겹이 쌓인다

창 너머로 보이는
네가 남기고 간 네 모습

버들잎 피리 소리처럼
밤공기에 나부끼며
시선이 닿을 수 없는
저 먼 곳까지
어렴풋이 퍼져 간다

창밖에서 들려오는
풀벌레 소리

먼 곳으로 가는 강

강바람에
차마
잠을 청할 수 없었던
물방개

고개를 들어
밤공기를 마신다.

수면에선
한 떨기 꽃창포가
나래를 펴고

먼 곳으로 가는 강
그 머리맡 위로
은빛 물결이 인다.

눈동자

한 번만 보면
잊히지 않을 거예요

자세히 보면
외면할 수 없을 거예요

또다시 보면
지워지지 않을 거예요

뒤돌아 보면
다시 생각날 거예요

잎 하나가 바람에 날려 와

잔디밭 위에 앉아
하늘을 올려다보고 있는데
가랑잎 하나가 바람에 날려 와
내 앞에 내려앉고는
가만히 눈을 감는다.
하늘은 오늘도
어느 한쪽으로도 기울지 않은 채
모두를 공평하게 대하고
선선한 바람은
우산이끼의 이슬방울들이
공기 중에 퍼져 나가듯
푸른 융단 속으로 스며든다.
바람에 하늘거리던 풀잎들은
투명한 수양버들 물결이 되어
강물처럼 흐르고
그 물소리에
내 앞의 가랑잎이 잠을 깬다.

한숨이 깊어도 괜찮으니까

푸른 은하가 부딪쳐

부서져

별 하나를 만들 때

시간과 생각과 기억이

어우러져

익숙한 심상을 드리운다.

발걸음을 옮길 때마다

밤의 비안개는

흔들리는 그림자를 에워싸고

하늘을 덧칠하듯

사무치는 방향성으로

다가오지 않은 내일을

채우고 엎어

쉽사리 마셔 버린다.

한숨이 깊어도 나는 괜찮으니까

강과 나

물 있고, 물 흐르고
물 흐르고 있어라.

강……
그 변치 않는 빛이여

나지막이 들려오는
댓잎의 속삭임에도

갯벌에서 무리 지어 이동하는
도요새 발자국에도

강물의 음성은
담겨 있네

보랏빛으로 파도치는 가을 노을을
건너는 기러기 떼

그 아래로

갈댓잎들이 줄지어 소곤거리고

강줄기를 가로지르며

노 저어 가는 황토 돛단배 위로는

선선한 강바람이 불어온다.

그리고

그 앞에 내가 있어

내 기억이 남아 있어

바닷바람이 불어온다

팔에 감겨 있던 옷자락을
풀어헤치고
물결의 메아리가 일렁이는
내 마음의 연원
그 드넓은 초원의 품속에
발을 담근다

붉은부리갈매기의
하얗게 갠 양 날개가
광활한 하늘을 감싸듯

내 발끝을 보듬으며
좌우로 흩어지는 모래톱

그 순간
바라보려야
바라볼 수 없었던
저 수평선 너머에서

넘실대는 파도를 이끌고
바람이 불어온다

짙푸른 고갯마루를 지나
넘치게 피어오르는
무수한 물방울 소용돌이를 넘어

바닷바람이
그 바람이 불어온다

하늘의 별을 바라보았다

푸른 불빛이 하늘에
물결을 지르고 떠나간다
아득히 멀어져 간다

바람에 흐트러진 머리칼처럼
어지럽게 회전하는
셀 수 없는 상념

멈추지 않아
지워지지도 않아

수증기처럼 퍼져 가는
밤공기를 마시고
너를 그린다

둘이서만 사랑하자
둘이서만 서로 사랑하자

나의 그대가

잠에서 깨어나
눈을 떴을 때

그대가
내 머리맡에 놓아두고 간
빛을 보았습니다

그대의 손길처럼 따스하고
언제까지나 잊지 못할
그 미소처럼 아늑했습니다

구름 사이로
연안하게 흐르는
아침의 영롱한 음색처럼

빛은 그대가 되어
내 가슴 안으로
천천히 스며듭니다.

왜 그럴 수 없는 걸까요

한 곳에
머물지 못한다지요
누군가와 헤어져야 할 때
그 심정은

갈 곳을
찾지 못해 방황한다지요
남아 있는 감정을
버리지 못하고

그냥 접어서
종이배처럼
물 위에 띄워 보내면
될 것을

종이비행기처럼
하늘로 날려 보내면
될 것을

그러곤
묵묵히 걸어가면 될 것을……

송사리

자작나무 숲길을 거닐다
마주한
한 무리의 송사리

개울물 따라 떠가는
조각배처럼

부는 바람
산바람 타고

산등성이 저 편으로
노 저어 간다

나무, 나무, 나무
그 잊을 수 없는 모습
뒤로하고

물살이 바위 위로
가랑비를 뿌리듯

양떼구름 너머로
흘러 흘러간다

사과꽃

나뭇가지에 핀 꽃
가지 꽃

하얀 꽃잎이
바람에
사알랑사알랑
하늘거리네

이 내 마음
마음에 핀
꽃잎도

나아풀나아풀
춤을 추네

하얀 파도

따뜻하다
밤바다의
모습이 따뜻하다

나를 보며
한 번씩
하얗게 웃어 준다

부서지며
밀려오던 파도가
수많은 생각과
부딪치며

사라진다

그대와 다시 만나는 날

내게 꽃 한 송이가 있습니다.
그대를 다시 만나면
그대의 손에 건네주기 위해
늘 품에 간직하고 다니는
꽃 한 송이가 있습니다

유칼립투스 잎사귀보다도 더 푸른
시네라리아 향기보다도 더 짙은
그대

그대를 똑 닮은
꽃 한 송이가 있습니다.

하지만 어이 된 일인지
그대 모습은 보이지 않고
그대를 닮은 한 송이 꽃만이
내 곁에서 하늘거리고 있네요.

그대의 목소리는
지금도 내 귓가에 맴도는데

하지만 나는 알고 있습니다
이 작은 꽃 속에 그대가 있고
그대를 향한 내 그리움이 있음을

그래서인지는 몰라도
꽃을 어느 한 곳에 그냥 내버려 둔 채
나 혼자 어디를 간다거나 하는 것은
상상할 수도 없는 일이었습니다.

그 꽃은 언제나 나와 함께였고
내가 가는 곳에는
늘 그 꽃향기가 퍼져 갔습니다.

그런데 이 일을 어쩌죠?
그대에게 전해 줄 꽃은

예전이나 지금이나 변함이 없지만

우연히라도
아니, 그럴 리야 없겠지만
아주 우연히라도
길에서 그대와
마주치게 되는 순간이 온다면
어떻게 하죠?

나는 아무 말도 못 한 채
이른 아침의 이슬방울 같은
그대의 미소 앞에서
떨려 오는 마음을 진정하지 못하고
준비해 둔 꽃을 그대에게 전하기는커녕
꽃잎을 다 흐트러트리고 말 텐데
이 일을 어쩌면 좋죠?

너의 손에는

저 풀피리 소리
네 손끝에 있고
저 보리밭 내음
네 손 위에 있다

닿으면 닿을수록
스며들듯 전해져 오는
그 모든 것

네 손 위에
마알간 입맞춤이 있고
네 손끝에
연둣빛 메아리가 있다

바다의 소리

정박해 있는 배를
바닷물이 쓰다듬는다.

파도 소리……

바다의 음성이
가파른 고개가 되어
해안을 덮친다.

바닷속으로
뱃머리를 돌린 선박은
한겨울 눈발 같은 포말을
걷어내고
가슴속
그 내면을 들여다본다.

안팎이 균형을 이루며
하나로 거듭난 존재

해초와 물살과
가슴지느러미가
파아란 테두리를 그리며

무한한 세계로 이어진
항로로
그를 인도한다.

빗물로 피어나

청초한 빗방울

유리창에
투명한
자국을 남기며
미끄러져 내려와

지금껏
미처 다 하지 못했던
말
눈빛으로
풀어놓고

낯설지 않은
모습으로
한 송이
백합꽃을 피운다.

사랑이 어디서 오는지

바람이 어디서
불어오는지
알 수는 없어도

나는 그 바람을
느끼고 있지

사랑이 어디서
다가오는지
알지는 못해도

나는 그 사랑을
마주하고 있어

그 사랑 안에
머물러 있네

밤기차

한 아이가
하얀 새가 온몸으로 밤을 적시고 있는
저 먼 곳을 향해 뛰어간다.
안개를 헤치며 굽이쳐 흐르는
계곡물처럼
힘차게 달려간다.

이름 모를 이름들을 지나
이별 없는 이별들을 지나
그가 도착한 곳은
열차가 정차해 있는 철로 앞

아이는 손을 뻗어
눈앞에서 아른거리는
지난밤의 연주 같은 거울 깃을
어루만진다.

철길 아래에 가지런히 놓인 자갈들과
실재와 환상을 이어주는 철로는
밤하늘 은하 무리처럼 빛나고

기관차는
아이의 기관차는

강물이 수면 위에 구름 떼를 그리듯
샛말간 온기를 증폭시키며
그의 가슴속에
수선화 꽃잎들을 흩뿌린다.

멀어지는 기차 소리⋯⋯

아이의 두 눈엔
겨울밤의 이야기 송이들이
눈꽃처럼 쌓여 간다.

그대를 향한 사랑

첫 번째 사랑은
설렘이었습니다.

두 번째 사랑은
그리움이었습니다.

세 번째 사랑은
약속이었습니다.

그리고
이 모든 게

그대를 향한
제 마음이었습니다.

비바람 속의 불꽃

그대를 어떻게 느낄 수 있나요
어떻게 되돌릴 수 있나요
뒤돌아봐도
다시 되돌아봐도
남아 있는 게 없는데

비바람이
멈추지 않는
솟구친 지면 위에 올라
입가에 맴도는 그대의 촉감을
바람에 흐트러지는 달무리 속으로
띄워 보내 봅니다.

나를 감싼
지나 버린 많은 목화 꽃잎이여

이 밤,
내 그림자를 감싸 안으며

공중으로 날아올라
뽈나비나방의 주황색 눈동자처럼
불타오를 지어다

메마른 울타리 위에서
두 발로 일어나
붉은 장미의 화염을
내지를 지어다.

산에 사는 소리

산새 소리를
따라가다 보면
산이 보이고

떠나 버린 옛 시절의
옷자락도 보이네

손을 뻗어
그것을 살며시
들춰 보면

사무치는 그리움이
물결처럼 일어

하늘에는
솜털 구름 하나가
어스레한 달무리처럼
걸려 있는데

바다 위로 흐르는 밤

어디론가
자취를 감췄던 안개가
다시 피어올라
해안을 감싼다

흰 꽃잎들이
넘실거리는 밤바다는
갯바위에 부딪치며
홀로 연주를 시작한다

은빛 모래처럼 반짝이던
바닷새의 날갯짓 소리가
보일 듯, 잡힐 듯
어느샌가
파도 위에 드리워지고

나는 눈을 감고
밀물처럼 가슴에 스며드는
그 음성에 젖어 든다

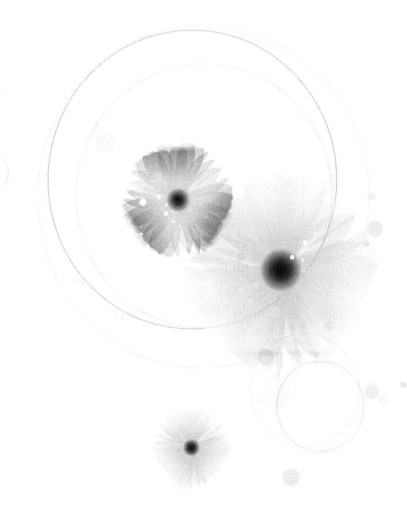

나무와 그림자

그림자가 땅바닥에 금을 긋는다
밝은 곳과 그렇지 않은 곳을 나눈다
착하기도 해라
빛이 드는 곳은 더 애처롭게
어둠이 파도치는 곳은 더 눈부시게
채색하는구나

너를 오랜만에 만난 반가움에
서둘러 그 마음을
네게 전하고 싶었는데

오히려 네가 먼저 날 다독이며
격려해 주는구나
자기를 알아봐 줘서 고맙다는 듯이

너는 오늘도 네가 가진
진솔한 몸짓으로 자화상을 그리고
나는 그것을 그저 바라볼 수 있다는 것에

말할 수 없는 따스함을 느끼며
네 소리 없는 흥얼거림에 귀 기울인다

세상의 모든 감각은
유유히 흐르고

코스모스의 빛

하늘에 우거진 구름 숲을 보다
들녘에 번지는 풀벌레 소리를 보다
고즈넉한 동산 위 꽃 내음을 보다.

나는
자줏빛으로, 다홍빛으로 넘실대는
꽃잎들을 바라본다.

하늘에선 노을이 내리는데
가을비처럼 내리는데

그 빛은 어느새
보리밭을 가로지르는
밀화부리 나래처럼

계곡을 거슬러 오르는
은어의 지느러미처럼

선들바람을 타고 와
꽃밭 위에 내려앉는다.

어제와 같은 자리
변함없는 자태의
코스모스 꽃잎이여!

나는 가만히
노을빛 꽃잎 곁에 다가가
손을 내민다.

그 빛,
내 손 위에 흘러내린다.

그대가 있어라

빗물이 쓰러지다가
멈춰선 밤

강바람에 흐느끼는
버드나무의 옷자락

저 잎이 닿는 곳에
그대 마음이 있어라

버들잎의
피리 소리에
강은 물안개 속으로
더 깊숙이 파고들고

저 잎이 흐트러진 곳에
그대 마음이 있어라

너는 사랑이다

너는 낱낱의 사랑이다
네 소리, 네 추임새, 네 테두리
너는 낱낱의 사랑이다.
안팎이 하나인, 너와 네 주변 모든 것을
하나로 존재하게 하는 너는
이 밤
내가 간절히 기다리는 이름이다.

가둘 수 없는 야생화
초롱꽃보다도 패랭이꽃보다도
더 화평한, 자유로운 사랑아!
솔나방의 날개보다도
더 선명한, 눈부신 사랑아!

네가 서 있는 곳이
설령 얼음 숲 속이라 할지라도
낱낱의 사랑으로
그곳에도 곧

온유한 향유가 흘러내릴 테니
꽃잎들이 눈송이처럼 흩날릴 테니
그러곤
숲의 눈시울도
쏟아지는 빛줄기에 신록으로 물들 테니

너는 너 자신으로 온전히
이루어진
향기로운 물결 속의 연분홍빛 눈물나무다.
사랑으로 피어난 한 송이 이슬꽃이다.

모래 그리고 파도

파도와 모래밭이
얼굴을 마주하고
서로를 향해 힘껏 달린다

가고, 가고, 가는 게
오고, 오고, 오는 것

뛰어가고
뛰어와
맞부딪치는 그 찰나

내어 주고, 부서지고
나눠 주고, 이루어져

찬란한 파도의
모래바람이 된다
찬연한 모래의
물결바다가 된다.

밤의 꽃

밤이 오는가
또다시 밤이 오는가

연자줏빛
솔나리꽃 내음은
바람을 타고 와
내 눈앞에서 아물거리고

보이지 않는
보이지 않는 별은
구름바다 위를 맴도는데

다시 또
밤은 오는가

거울에 어린 사랑

그리운 사람 눈가에 남아
그 이름 다시 부르려
거울을 마주하고 앉으면

거울에 반사된 낯선 형상에서
잊히지 않는 한 모습이 떠오르며
겨울 숲의 샘물처럼 반짝거린다.

그 두 눈에 비치는 꽃이슬은
마음속 날개깃 사이로
더 깊이 스며드는 별

구름 속을 헤치고 달려와
내 품에
안기고야 마는 별

그리운 사람 가슴에 남아
끝없이 퍼져 가는

하늘 들판을 올려다보면

나를 비추던 별의 푸른빛이
어느 순간
내 눈동자에 내려앉는다.

새벽길

파랗게 칠해 놓은
길을
걸어갈 뿐이네

아무리 애써 보아도
평화롭지 못했던
하루

단지
새벽을 위하여
길을 걸어갈 뿐이네

솔바람

선량한 바람이
불어와
산을 적시네

선선한 기운이
다가와
나를 깨우네

신록으로 물든 하늘은
아름드리 은빛 나무가 되고

나는
그 아래서
한동안 잊고 지냈던
나와 만난다

창밖에 흐르는 빛처럼

하루가 지나고
또 지나고

낮은 밤을 부르고
밤은 또 다른 날을 부른다.

먹구름이 달을 에워싼 밤

잠든 깃털을 흔들어 깨워
창밖으로 날려 보낸다

한 마리 새는
저 어두운 길을 환하게 밝힐 것이다.

그 날갯짓은
달빛보다 눈부시니

떠나 버린 섬

아침 볕에 반짝이는
하늘이 맑다

폭풍우 치던 지난밤
연초록빛 다래 잎줄기처럼
나를 채워 주던 외딴 섬은
이제는 보이지 않는다.

세찬 비바람 속에서도
너의 하얀 영혼을 바라볼 수 있어서
마음이 놓였었는데
그 모습은 찾을 수 없고
파도 소리만이

나는 해변을 거닐다
바다가 내려다보이는
깎아지른 듯
아득한 바위 절벽에 올라
수평선 너머로 시선을 던진다

작은 사람이 사는 곳

작은 사람이
숲 속의 어느 빈터에 서 있는
매화나무 앞에 서 있었다.
그는 나뭇가지 사이로 쏟아져 내리는
오후의 부신 햇살과 눈인사를 한 뒤
순된 마음의 잎으로 만들어진
자기 집으로 가기 위해 걸음을 뗐다.
그때 그의 귓가에
산새의 상냥한 목소리가 들렸다.
작은 사람은 고개를 들어 나무를 쳐다봤다.
그의 눈에
조그만 몸집의 버들솔새 한 마리가 보였다.
버들솔새의 자냥스러운 속삭임은
곧 녹갈색으로 반짝이며
매화나무 가지로 퍼져 가더니
연분홍 꽃잎과 한데 어우러져
나무의 밑동으로 점점 번져 나갔다.
자신의 발치까지

그 빛깔이 밀물처럼 다가오자
작은 사람은 눈을 감고 가슴을 펴
온몸으로 그것을 받아들였다.
팽그르르
회전하며 떨어지는 꽃가루처럼
그의 가슴속에선
숲의 오색영롱한 빛이 흩어져 내리며
수많은 이슬방울처럼
나부끼기 시작했다.

사람과 바다

갈매기 소리에
눈을 떴다.

선착장에는
그물을 손질하는
바닷가 사람들의
정갈한 소리

구름바다
물결바다
한데 어우러져
파도를 탄다.

물길 따라
떠나는 사람들
그리고
방울 꽃밭 위로 떠가는
뱃고동 소리

가락국수

오후 세 시 삼십 분
해오라기 날개깃을 꿈꾸던 물잠자리는
어디로 갔는지 보이지 않았다.
나는 애벌레 주름을 입곤
허기진 배를 채우기 위해 분식집에 앉았다.
등이 굽은 애벌레들이 셀 수 없이 많은 돌을
강을 향해 계속 내던진다는 사실도 애써 외면한 채
눈앞에 놓인 가락국수 한 그릇을 바라본다.
아직 일이 다 끝나지 않았느냐는
분식집 주인아주머니 말에
아는 얼굴이라고 인사말 건네주는 마음씨가 고마워
사실은 오늘 일이 많이 밀리고,
잠시 한눈을 팔다가 아찔한 순간도 있었다고
이런저런 얘기를 늘어놓고도 싶지마는
말주변이 없어, 남아 있는 내가 없어
고개 숙이고,
일이 좀 덜 끝났다고 짧게 대답하고 만다.
분식집 주방 한쪽에서 들려오는

그릇끼리 부딪는 소리

귓가에 쩌렁쩌렁 낯익은 매질을 한다.

나는 눈을 감았다가 뜨며

발끝으로 부들밭을 그려본다.

가락국수 그릇에서 찰랑거리는 물결

물살이 나래를 편다. 바람이 혀를 내민다.

나는 물방울로 솔잎을 적시려 애써 본다.

소나무 사이에서 떨어진 거무튀튀한 애벌레들이

돌을 또다시 던지기 시작한다.

강 속에 수초가 제아무리 많아도

정화가 아무리 깨끗이 돼도

돌멩이들은 들어차고 강은 범람해 간다.

애벌레는 줄기차게 돌을 집어 던지고,

퍼붓듯 곤두박질쳐 강물을 밀어낸다.

오늘도 어제와 같고,

어제는 내일과 같은 애벌레의 주름.

아는 사람이라도, 아니 모르는 사람이라도

누군가 내게 다가와 따뜻한 말,

눈길이라도 던져 준다면,

가지 끝의 나부끼는 잎들이 좀 잦아들 텐데.

나는 매연 속에 피어난, 회화나무의 눈꽃보다도

애벌레의 주름이 더 중요하다며 하루를 보낸다.

부여잡을 수 있는 것만이 전부는 아닌데
잃어버린 물잠자리는 어딘가에 분명히 있는데.
등 굽은 애벌레들이 강바닥을 파헤치고
소나무를 송두리째 뽑아 버려도
물밑에서 소용돌이치는, 부들밭의 빛살은
닻별처럼 부서지지 않는다.
창밖에선 소나무 무리가 하늘을 가로지르며
해오라기 깃털 무늬를 비안개처럼 그린다.

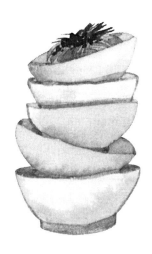

가을의 낮

캔다
거무튀튀한 낯으로
캔다

온다
뜨거운 방울 소리로
온다

어히야 어히엿차
이리야 이리엇차

어미 소 몰고
탈가당탈가당 댁대구루루

하늘엔 마저 품지 못한
송아지 구름 하나 떠가고

감자, 감자, 감자
보따리 싸매고

간다
밭둑길 사이로
간다

유리별

보랏빛 하늘은
저만치 다가와 있는데

호수의 연푸른 선율은
지금도 변함없는데

물빛 드리워진 물소리
어느덧 잔잔히
내게 밀려와
유리별처럼 반짝이누나

그리움이 아득하게 차오르다가도
그대의 눈부신 모습에
할 말을 잃고
차마 다가설 수 없었는데
그럴 수 없었는데

길 잃은 반딧불 하나

오늘도 호숫가를 서성이며

밤하늘의 별을 헤아리누나

겨울 아침

아침 볕이 좋아
포드닥포드닥

눈 쌓인 담장 위에
올라앉은
박새 네댓 마리

구름송이 같은
솜털 옷을
양손으로 꼭 감싼 채

부시게
쏟아져 내리는
빛 방울로
목 한 번 헹구고

새날의 아침을
노래한다

바람 소리

물빛
고요한 언덕 너머
맑은 산이 보일 때

한 떨기 바람꽃이
그곳을 향해 가네

아직은
옅은 시내
작은 잎새같이 흘러도

꽃은
바람이 되어
소리가 되어

그 물길 따라
떠가네

당신의 눈빛을 생각하며

아침에 눈을 떴을 때
당신은
햇빛 속에서 반짝이는
저 먼 전나무 숲을 내다보고 있었죠.
내가 몸을 일으키자
당신은 나를 뒤돌아보며
환하게 웃어 주었어요.
그러고는
당신은 아침과 함께
어디론가 떠나 버리고
나는 우두커니 서서
당신이 바라보던 창밖만
응시하고 있을 수밖에 없었습니다.
한나절이 가고,
나는 당신의 그 눈빛만을 생각하며
집을 나섰습니다.
교외 쪽으로 가다 보니
한적한 호수가 보였지요.

나도 모르게

호숫가로 다가가

그 앞에 머물러 있는,

노을빛으로 물든

작은 배에 몸을 실었습니다.

뱃머리에 서서

멀어져 가는 석양을 바라봅니다.

당신을 그리고 있는

지금 이 순간이

내게 허락된 꿈이고

전부입니다.

흰 눈

그토록
기다렸건만

눈이 부셔
차마……

나는 그저
한낱
얼룩진 옷자락이
부끄러워

입술 위에
조심스레 얹어 본 말

마치
내리는
한 송이 눈꽃 같구려

숲길을 걷다

파알랑파알랑
꽃잎이 나부끼네

간밤에 내린 빗물이
풀잎을 굴리네

하늘가 별빛처럼 쌓인
발자국들 위에
두 발을 얹는다.

온몸에 전해져 오는
숲의 속삭임

나뭇잎들 사이로 반짝이던
아침 볕이
부서져 내리며
녹색 아지랑이로 피어난다.

은방울꽃에 입맞춤하는 고라니
잠에 겨워 하품하는 솔방울
오이풀 팔목에 매달린 진디좀벌
이슬을 머금은 달팽이의 눈망울

나는 오늘
숲길을 거닐며

나무에게
그리고
스쳐 간 모든 이에게
인사를 전하는
까막딱따구리의
목소리를 듣는다.

비바람

비가 올 때
빗소리에
마음을 맡깁니다.

바람이 불 때
바람 소리에
영혼을 기댑니다.

그대는
비바람처럼
내 가슴에 휘몰아치며
내 마음과 영혼을
송두리째
앗아가 버렸어요

새벽에서 아침으로

새벽녘
기차 소리가
하늘에서 내리기 시작했습니다.
한여름 소낙비처럼
내리기 시작했습니다.
가만히 그 소리에 귀 기울였습니다.

그 소리는
그 진동은
물빛 포성처럼
아침을 향해 뛰어갔습니다.

기차 소리에 젖어 있던 나는
창 너머 먼 곳에
홀로 서 있는
하얀 그림자 하나를 보았습니다.
떠나 버린 대상을 생각하며
우두커니 홀로 서 있는
마음 하나를 보았습니다.

내리는 비를 맞으며

오색 빗방울들이
하늘에서 내려와
내 눈앞에서 흩어지며
흘러내린다

이 시간
너는 해변에 홀로 서서
긴 머리카락을 바람에 날리며
하늘과 맞닿은 수평선을
바라보고 있겠지

빗물도, 바람도, 시간도
한 번 떠나 버리면
다시 되돌아오기가 쉽지는 않아

멀어지는 그 모습을
우두커니 서서
지켜볼 수밖에

다시 와 주길
기다릴 수밖에

나는 오늘도
가늠할 수 없는 깊이로
깔리는 안개 속을
지난날의 눈빛으로
헤맨다

당신의 모든 것

당신의 모든 것을 떠올리고 싶은데
기억의 단편들만
내 눈앞을 서성입니다

당신의 모든 것을 느끼고 싶은데
이제는 안을 수도
마주할 수도 없네요

하지만 저는 압니다

당신은
바다이고, 하늘이고, 구름인 것을

별이고,
달빛이고,
바람인 것을

그 모두를 두 눈에 담을 때
비로소
당신의 전부를 볼 수 있다는 것을
나는 압니다.

바다에서 만나자

바다에서 만나자

수면 위로 얼음 조각들이 폭발하듯
날치 떼가 날아오르고

바닷바람이 해류를 타고 와
갯바위 앞에서 하얀 불꽃을 일으키는

그곳에서 다시 만나자

우레 같은 파도 소리에
바닷새들이 줄지어 남녘으로 향하고
물살에 나부끼던
해초의 빛깔이
구름 무리처럼 회전하며
공중으로 솟구쳐 올라가는 곳

하늘과 해면이 맞닿아
서로 교차하며
청명한 기류를 일으키는
대륙의 연원

그 쪽빛 바다
드넓은 평원에서

우리 다시 만나자

빗물이 다하도록

젖먹이 너구리 한 마리
굴 밖으로 빼꼼히 고개를 내밀고
애타는 목소리로 어미를 불러 보지만

비에 젖은 갯버들 잎과
찬 바람에 부서지는 달빛만이
그의 눈에 어른거릴 뿐

낯익은 그 모습은
어디서도 찾을 수 없었다

저기 저 먼 곳

철재로 만들어진
사나운 들짐승들이
매캐한 연기를 토해내며 지나가고

도롯가 한 귀퉁이에 엎드린 채

젖은 낙엽처럼 차갑게 식어 가는
어미 너구리의 등줄기 위로는
빗물만이 하염없이 쏟아져 내린다

강가에서
하얀 몸짓으로 고개를 끄덕이던
황새의 모습도

숲길을
천진한 얼굴로 뛰어다니던
붉은여우의 눈망울도

어디론가 사라져
이제는 보이지 않는데

어둠에 파묻힌 채 몸을 떠는
어린 너구리 한 마리만이

아무도 돌아보지 않는 곳

고요만이 설움처럼

밀려드는 그곳에서

제 어미를 찾고 있다

달잎, 별잎, 구름잎

낙엽 쌓인 길을 걷다가
은빛깔로 반짝이는
나뭇잎 세 장을 집어 들어
외투 주머니에 넣는다.

집에 돌아와 꺼내 본
은행잎, 단풍잎, 버들잎

밤이 오고
찬 바람이 실내로 들이치자
잎 세 장은 바람을 타고
공중으로 날아오른다

하늘엔
달이, 별이, 구름이 반짝이는데

녹색비둘기

시간은 마법과 같다.
한 사람의 하루는
그의 모든 것을 포용한다.
그 이면의 그림자까지도

한 젊은 남자가
일을 마치고 집으로 향하다가
목이나 한번 축이고 가려고
이따금 찾던 선술집으로
발걸음을 돌린다.
그곳의 반쯤 열린 출입문을 통해
전해져 오는
비올라 선율 같은
카틀레야 라비아타의 흑자색 향기

그가 출입문을 열어젖히고
안으로 들어서자
가게 안쪽

구석진 곳에 모여 있는 한 무리의 사내와
그들 뒤편에 우두커니 선 채
청년이 서 있는 입구 쪽을 쳐다보며
한 손으로 허연 실타래를 매만지고 있는
회백색 머리칼의 나이 든 여인 한 명이
그의 눈에 들어온다.

여인은 젊은 남자와 눈이 마주치자
손에 들고 있던 실타래를
자기 발 앞에 내동댕이치고
그것은 곧 바닥 위에서 미끄러지며
푸른색이 어린 감은빛 물줄기가 되어
여인이 서 있는 곳을 중심으로
방사형으로 뻗어 나간다.

물줄기는
삽시간에 거대한 물고개 무리가 되어
가게 안에 들어차고,

물살에 떠밀린 출입문은
흰꼬리수리의 날카로운 눈초리처럼
매몰차게 닫히고 만다.
나이 든 여인은
눈표범이 만년설원의 빙산 위로 뛰어오르듯
수면 위로 가뿐히 올라서곤
검푸른 물결을 내려다보며
밤의 노래를 흥얼거리기 시작한다.

낯빛을 잃은 물결은
사람들의 가슴팍까지 차오르고,
어둠에 잠긴 그들의 음성은
절벽으로 내몰린 숨결이 되어
바람에 이는 댓잎처럼 나부낀다.

젊은 남자는 자신을 짓누르는
남조류의 헝클어진 머리칼 같은
물살의 기세 속에서도
밖으로 통하는
단 하나의 길을 찾기 위해 온몸을 불사르고
그의 눈동자는 마침내
채광이 비쳐 오는 출구를 찾아낸다.

아아,
알로카시아 푸른 잎줄기처럼
휘몰아치는
녹색비둘기의 날개깃이여!

청년이 출구 쪽을 향해 손을 뻗자
그곳에서 눈부시게 환한 빛이 뿜어져 나와
남자를 감싸더니
곧이어 불꽃처럼 사방으로 튕겨 나가며
가게 안에 들어차 있던
시커먼 물결을 단숨에 집어삼킨다.

나이 든 여인은
자기가 내뱉은
밤의 잿빛 소용돌이 속으로
빨려 들어가 버리고

가게 안은
젊은 남자가
처음 그곳에 들어섰을 때 정경처럼
다시 예전의 평온한 모습을 되찾는다.

남자는 가게 문을 나서며
먼 곳으로 아스라이 사라져 가는
연초록빛의 어스레한 형상을 바라보곤
집으로 발길을 돌린다.

눈보라 속에서 너를 본다

바람이 부는데 부는 것 같지 않고
네가 없는데 없는 것 같지 않다

다하지 못한 말
가슴에 남아

눈발이 휘날리는
열린 창 앞으로 다가가
마음속에 접어 둔 그 말
꺼내어 본다

푸른 밤의 회오리가 몰려 온다
빛살에 깨져 나가는
빙하 같은 눈바람이 창가에 들이친다

너를 붙잡을 수 없었어
보낼 수 없다고
차마 말할 수도 없었어

눈보라가

걷히고

휘청이던 유리창이

평온한 숨결을 되찾을 때쯤

환영 같은

눈의 결정 하나가

창가에 내려앉는다

종이 인형의 사랑

종이로 만들어진 인형이 둘 있었어
손을 뻗어도 닿을 수 없는 먼 곳에
서로 떨어져 있었지만
그들은 진심으로 사랑했지
그 사랑은 날이 갈수록 깊어져만 갔어
그러던 어느 날
둘은 서로 마주 보며 눈물을 흘렸어
바라보고 있는 것만으로도
행복했던 거야
그리고
사랑하는 이를 향한 사무치는 그리움을
더는 외면할 수 없었던 거야
눈물은 그칠 줄 몰랐고
간절한 마음으로
상대방에게 조금씩 다가가는 동안
온몸이 눈물에 젖어 버리고 말았지
그래도 둘의 눈빛은 점점 가까워져 갔고
마침내 젖은 얼굴이 서로 맞닿자마자

그들은 풀잎에 맺힌 이슬방울처럼

흐트러지고 흩어져

아련하게 흐르는 별빛 너머로

사라져 버렸어

하지만 나는 기억해

그 순간까지도

아니 그 이후로도 아주 오랫동안

영원처럼 반짝이던 그 기쁨의 눈물을

그대와 함께

하루는 그대의 음성을 들었습니다
또 하루는 그 눈빛을 보았습니다
나는 그저
있는 그대로 그대를 느낄 뿐입니다

닿을 수 없는 저 먼 곳
밤의 하늘가에서
한 떨기 백합꽃처럼 반짝이고 있는
단 한 사람

그대를 나는
가만히 느낄 뿐입니다

우리가 함께 걷던 이 길엔
찬 바람만 불어올 뿐이지만
그대와 내가 처음 손을 맞잡았던 교회 앞에는
낙엽만이 소리 없이 흘러갈 뿐이지만
나는 지금
그대의 모든 것을 느낄 수 있습니다

혼자 이 길을 걸어도
그대가 떠난 길을 걸어도
그 시절의 교회 종소리는
여전히 내 귓가에 선합니다

그리고
발을 내디딜 때마다
그대의 온기가
내 발자국 위에 내려앉는 것을
느낄 수 있습니다

먼 곳에서 반짝이는
저 별이
나를 밝혀주는 한

그대가 없어도
나는 오늘도 그대와 함께입니다

푸른 별

그리움의 별이 있어
하늘에서 반짝이지

한 번만
바라봐도
가슴에 남는 별

일 년이 가고
이 년이 가도

아니
셀 수 없이
많은 시간이 흘러도

잊을 수 없는
푸른 별이 있어

은빛 눈꽃송이

머물러 주기를 기도하네
하늘가에 흐르는 새벽 별 무리가
눈꽃 날리는 내 평원 위에
머물러 주기를 기도하네

그리고 그 모습을
온전히 바라볼 수 있기를 기원하네

흰 눈은 줄지어
하늘 고개 너머로 멀어져 가고

어디서 왔는지
진박새 한 마리 날아와
내 손등 위에 내려앉는다

모두
잠든 새벽

별빛 어린 솜털 바람이

다시 불어올 때까지

작은 새는 잠들지 않으리

눈사람

눈이 쌓이고 덮여
눈사람이 된 사람

지붕도 얼고
유리창도 얼어 버린
외떨어진 어느 집에서

먼 곳으로 떠난
지난 시절의 다시 못 올 순간을
기다립니다

언젠가는
돌아올 것이라고 믿기에
제 손이 녹는 줄도 모르고
제 몸이 흘러내리는 줄도 모르고

외딴집
벽난로 앞에 홀로 앉아
장작불을 피웁니다

기다림은
연기가 되어
밤하늘에 흐르고

푸른 날개

산기슭에 솟아 있는
바위에 앉아
산등성이 위의 달을 바라본다

저 높은 곳
달무리 속으로 젖어 들던
사스래나무의 내음이
밤바람을 타고 내려와
내게 속삭이고

내 곁에서 잠들어 있던
상수리나무 잎사귀들이
바람 소리에 눈을 뜬다

네 눈에
네 눈 안에
호숫가 물빛 나래가 있어
그 숨결이 있어

습지 위를 유영하던
하나의 형상은
반딧불이같이
내 눈앞에서 맴돌다
어디론가 사라져 간다

그리고
하늘엔 달이 있어
변치 않는 빛이 있어

잎 지고, 꽃 피고
다시 지고, 또다시 피어나는

물결치는 날개가 있어

그 사람은

사람들은 말하죠
그 사람은 떠났다고
네가 그토록 사랑하던
사람은 떠났다고

그 사람은 내 곁에 있어요.
꽃들이 말하죠
풀들이 말하죠
나무들이 말하죠
그 사람은 네 곁에 있다고

그 사람은
내 곁에 있다고

그대를 볼 수 있었네

아무 말 없어도
행복했네

그대와 나란히
해변에 앉아
밀려오는 파도를
함께 바라보는 것만으로도
내 가슴은 벅차올랐네

그대를 닮은
수많은 모래별과
나를 닮은 그리움의 물결이
서로 맞닿을 때

비로소
나는
맑게 빛나는
그대의 눈동자를
볼 수 있었네

너를 생각하고 또 생각해야지

너를 생각하고
또 생각해야지

보고 싶어서
보고 싶어져도

눈물이
덧없이 사라질
웃음이 돼 버려도

너를 생각하고 또 생각해야지

하얀 민들레

가슴 한쪽에 아로새겨진
지난 시간이
그 시절이 잊히지 않아

보리 이삭처럼 환한
달빛이 드리워진
길을 걷는다

지면을 덮고 있던 나뭇잎들은
그 아득한 수만큼이나
많은 생각으로 반짝이고

길가에 쌓인
낙엽들 사이로

솜털같이 하아얀
민들레 하나가
가만히 고개를 내밀며
나를 바라본다

물거품

해변에 가서
파도를 보았지
바람 머금은 바다……

무언가 말할 듯
머뭇거리다

두 뺨에 스며들며
내린
빗물 같은 입김

잠에서 막 깨어나
우두커니 나를 바라보던
네 모습이 담겨 있었지

붙잡을 수도
보낼 수도 없는데

거품처럼
흩어진 물결

해변에 가서
파도를 보았지

그 바다를 보았어

짓누르면 짓누를수록

아지랑이처럼 피어오르는, 창밖의 형상
온갖 상념 속에서도
쉽사리 색이 바래지 않는 잎은 보이지 않고
그림자만이……

저를 용서하소서
그 빛을 놓을 수 없었습니다
차마 돌아설 수 없었습니다
호숫가의 물안개에도 게아재비의 눈물은
영롱하게 빛나고
부둥켜안은 채 무너져 내린
고철 더미 아래에서도
검은멧새는 온몸으로 겨울 깃을 어루만지는데
저는 왜 푸른 잎을 외면해야 합니까
놓아야 합니까
붙들 수 없다면
되돌릴 수 없다면
어둠 속으로 흐무러지듯 주저앉은

가녀린 빛을 위해

성당의 긴 복도에 세워진 햇불이 되어

남김없이 타오르리다

하염없이 흘러내리리다

부디 저를 용서하소서

물거품처럼 흩어져 버리는

밀려오는 파도 소리에
고개를 돌릴 수 없었다

끝없이 펼쳐진
바다의 잿빛 날개를 바라본다

눈부신 촛농을 떨어뜨리며 다가오는
소용돌이
바위에 부딪쳐 폭발하는 불꽃이여

단 한 번도
같은 모습일 수 없었던 존재

그 모습이 눈물겹지 아니한가

가까운 곳을 지켜보아도
먼 데를 바라보아도

물거품처럼 흩어져 버리는
다시 흩어져 버리는
파도

대지를 품듯
모래톱을 밟으며
얼음산처럼 치솟는구나
광풍처럼 휘몰아치는구나

내 마지막 바다여!

겨울꽃

바람에 흔들리던
눈 위의 발자국도 잠든 밤

사람이 많았던
그러나
지금은 그렇지 않은 곳에서

하루의 흔적이
어둠에 묻혀 가네

겨울밤의 숨결 속에
그 모습을 감추려 하네

내 귓가에 속삭이다
아스라이 떠나 버린
가늠할 수 없는 꽃 내음

어느 순간

터널을 뚫고

내게 다시 다가와

내 젖은 외투에

눈꽃 한 송이 그려 넣고

빛 방울처럼

흩어져 간다